이암산

장지성

1945년 충북 영동에서 태어나 서라벌예술대학 문예창작학과를 졸업하였다. 1966년 《서울신문》 신춘문예에 시로, 1967년 공보부 주최 제6회 신인예술상 문학 부문 소설 특상 수상, 1969년 《시조문학》에 시조로 추천완료 등단하였다. 시조집 『풍설기』 『겨울 평전』 『꽃 진 자리』 『외딴 과수원』 『이암산』과 시집 『제목을 팽개쳐 버린 시』가 있다. 1987년 제7회 정운시조문학상, 2003년 충북문학상, 2005년 제6회 월하시조문학상, 2011년 시조시학 본상을 수상하였다. 한국문인협회 이사, 한국시조시인협회 부회장, 영동문인협회 창립, 초대회장을 역임했다.
jsj43510@naver.com

이암산 離岩山
—

초판 1쇄 2024년 11월 30일
지은이 장지성
펴낸이 김영재
펴낸곳 책만드는집
—

주소 서울 마포구 양화로3길 99, 4층 (04022)
전화 3142-1585·6
팩스 336-8908
전자우편 chaekjip@naver.com
출판등록 1994년 1월 13일 제10-927호
ⓒ 장지성, 2024
—

* 이 책의 판권은 저작권자와 책만드는집에 있습니다.
  이 책 내용의 전부 또는 일부를 재사용하려면 양측의 동의를 받아야 합니다.
* 잘못 만들어진 책은 구입하신 서점에서 바꾸어 드립니다.
* 이 책은 충청북도, 충북문화재단의 후원을 받아 예술창작활동지원사업의 일환으로 발간되었습니다.

ISBN 978-89-7944-886-3 (04810)
ISBN 978-89-7944-354-7 (세트)

책 만 드 는 집
시인선 253

이암산離岩山

장지성 시조집

책만드는집

이암산(이바위산)은 우리 집 지근거리에 있는 301.6m 높이의, 바위와 송림으로 어우러진 운치 있는 산이다.

먼 옛날 힘센 장수들이 공기놀이를 하였다는 다섯 개의 큰 바위가 있으며 그곳 암벽엔 연대를 알 수 없는 마애불상이 조각되어 있고 그 자락에 아담한 절 이암사가 있는 절경으로 지역인은 물론 전국에서 등산로로 즐겨 찾는 명산이다.

언제인가 백수 정완영 선생님께서 우리 집에 오시어 산세를 살펴보시고 저 산을 소재로 작품집 낼 것을 권유하신 그때의 약속을 살려 제호로 선택하였다.

문단 입문 반세기를 훌쩍 지난 지금, 이제 겨우 자유시집을 포함, 여섯 번째 작품집을 펴내며 문득 남은 인생에 한두 권 더 엮어 낼 수 있으면 하는 소망을 가져본다.

2024년 11월

장지성

| 차례 |

1부

2부

3부

4부

5부

1부

금강 상류

깊은 밤 갈대숲은 무슨 밀담 나누는지
실바람 하나에도 온몸을 흔들면서
발돋움 시원을 찾아 피돌기로 따사한.

사시절 소망이듯 달덩이를 띄우는 곳
굽이굽이 세월 저쪽 물안개로 휘장을 쳐
저 고요 둑으로 터져 휩쓸려 갈 이 심사.

여명은 어디서 와 꿈길을 허무는가
갯버들 눈을 틔워 살 비빈 귀엣말로
봄밤은 매무새를 고쳐 화관을 써본다.

블랙이글스*

드높은 가을 창공 굉음 이끈 편대들이
하늘길 일체 되어 높낮이 곡예비행
수직의 공중제비에
천만 시선 아우르는.

일순간 양형번개 아득히 솟구치어
흰 구름 두어 송이 얼룩인 양 지우고서
그 자리 태극 문양을
한 땀 한 땀 수놓은.

형형색색 연막 무늬 난을 치듯 분촉하듯
애틋한 추억 당겨 하트를 그려놓고
저 과녁, 큐피드의 화살
깊이 박혀 울먹한.

* 우리나라 공군 특수비행팀.

뽀드득

간밤에 내린 눈이 온 세상을 다 덮었다
한 점 티도 없는 숫눈길 과원 멀리
저 순결
범하고 싶어라
망설이다
발
딛
는.

가을 별리

해 질 녘 강둑길에 바바리 깃을 세우고
다변가 사나이도 파이프를 피워 물고
아득히 꼬리를 감추는 여울 끝을 보고 있다.

모든 걸 벗어놓고 떠날 채비 하고 있는
거두어 쓸쓸해질 빈 가슴 저 들녘에
바람결 허수아비도 손사래를 치고 있다.

자꾸만 객혈하는 저녁놀의 밭은기침
또 도진 가슴앓이, 서러워야 할 이유 찾아
낙엽은 유형流刑의 길을 바람 몰며 가는가.

얼레

인연이 타래라면 실 끝 찾는 마음으로
더러는 엉킨 매듭 한 올 한 올 사리다가
또다시 감았다 풀면
뼈마디로
남는 얼레.

들국화 설화

먼 옛적 학창 시절 문학도의 푸르던 꿈
한 번쯤 제목으로 잡기장에 습작했던
십오 리 등하굣길에 이슬 젖은 들국화.

청초한 그 꽃 닮은 울 수학 선생 여동생
꽃향기 시로 적신 손 편지로 꼬드겨서
그 가을 설렘 가득히 가슴밭을 수놓았던.

해거름 저녁노을 서늘한 소슬바람
낙엽 쌓인 숲속 의자, 오늘 와 다시 찾은
애꿎은 꽃잎만 뜯던, 체온 남은 그 자리.

짧은 해 짧은 꽃 핌, 시절마저 앞당기어
늦가을 된서리로 한밤의 미몽으로…
올해도 흐드러지게 핀 산국 감국 구절초.

뉘엿뉘엿

오늘도 어제처럼
아침을 맞습니다

품 안에 지닌 밀지密旨
여직도 못 전하고

포위망
일월에 갇혀
또 석양을 봅니다.

저, 저 신록

저 짙은 여벌 옷을
언제 챙겨 갈아입고

매무새 여밀수록
몽실 가슴 산봉우리

온 숲이
뭉게구름처럼
두리둥실
춤사위.

별똥별

속세를 떠나는 걸 입산이라 이른다면
서산에 잦아드는 삭발한 둥근 달은
그 적막, 별똥별 하나
어느 곳을 가나요.

토우土偶 2

수 세기 잠을 자다 어느 날 눈 비비며
피돌기 생명으로 마주한 부신 세상
한 발짝 더 다가갈 수 있을
그 정토는 어디인가.

애칭, 金사과

지난해 초여름 날 울 과원에 내린 우박
한 시간여 밤톨 크기 광란 치다 떠난 자리
전쟁터 따로 없어라 찢긴 가지 상흔들.

수북이 쌓인 잎들 그 이름도 낙엽이라
그나마 매단 열매 구멍 숭숭 멍이 들어
하나둘 탄저炭疽로 번져 땅바닥에 즐비하게.

해마다 가을이면 가득 차던 과일 창고
절기를 무너트린 냉해며 고온 현상
줄어든 콘티 속에서 아, 애칭 받는 金사과.

2부

가창오리 떼 춤 1

또 한 해 갈림길에
어김없이 찾아와서

호수면 갈대숲에
섬처럼 떠 흐르다

산그늘
어스름 불러
물결 딛고 비상하는.

가창오리 떼 춤 2

하늘과 물에 잠긴
두 개 해 흩어놓고

돌고래 가오리연
온갖 형상 연출하며

저녁놀
화폭 위에다
홀로그램 펼치는.

가창오리 떼 춤 3

어느 결 서산 위에
초승달도 걸어놓고

하나둘 별자리들
점자인 양 더듬으며

또 한 컷
조리개를 여는
아, 모래태풍 저 사구.

가창오리 떼 춤 4

온 우주 아우르는
신이 빚은 붓 터치여

깃털 하나 손상 없이
카오스의 길을 트며

저 군무
어디쯤에 끼어
함께 나래 펼쳐본다.

겨울 연지蓮池

지난여름 추억 그려 다시 찾은 작은 호수
실바람 한 점에도 일렁이던 연잎 파도
지상의 유등流燈이 몰려 대명천지 불 밝히던.

또 한 해 전송하는 세밑에 여장을 챙겨
물속의 내 그림자 새털구름 하늘 무늬
천연두 자국처럼이나 스러지는 연밥들.

탑 돌듯 둘레길의 열몇 번째 무심함을
해거름 산그늘에 외투를 걸쳐놓고
조약돌 몇 개를 주워 던져보는 물수제비.

고드름

이대로 굳힌 가슴
더 흘릴 눈물조차

바람벽 그도 없이
노숙으로 떠돌다가

그 뉘 집 처마 밑에서
따스한 방 넘겨보는.

올바른 자세인데
거꾸로 보는 세상

칼바람 품은 적의敵意
발등을 겨냥하며

어둠 속 창끝을 세워
자상自傷으로 아픈가.

해오라비난초

한 점 티도 없이 속살까지 순백으로
서늘한 습지 찾아 골바람에 운신하며
이제 막 우화羽化를 마쳐 아침 볕에 몸 말리는.

귀하고 여린 것이 죄 될 리 하나 없을
바라만 보는 것도 행여나 부정 탈까
이슬로 세수를 마친, 아 민낯으로 더욱 예쁜.

이 세상 모든 생명 누리는 삶의 터전
뭇사람 손길 피해 철망과 펜스를 쳐
이쯤서 사진 몇 컷도 민망하고 송구스러운.

한 무리 해오라기 그 수려한 나래짓 짓
미지의 제 삶 찾아 시방 막 비상할 듯
다시금 꿈속에서라도 꽃말이듯 보고 싶은.

봉선화

먼 고향 두메산골 집집마다 꽃밭 한쪽
토박이로 자리 굳혀 봄 당겨 씨 움트는
키 재기 양달을 찾아 한해살이 외로운 꿈.

긴 여름 달군 땡볕, 귀밑 볼 농염으로
살며시 주는 미소 싸리울 눈길 멀리
어느새 정분으로 물든 서녘 하늘 타는 놀.

이제는 묻혀가는, 지염指染이나 음절 몇 구
화롯불 불씨이듯 다독인 추억 저쪽
조막손 씨 통을 흔들며 바람결로 지는가.

까치밥

간밤의 된서리에

우리 집

먹감나무

그 곱던 단풍잎들

일순간 떨쳐놓고

우듬지

역광을 받아

돋아나는

감 몇 알.

양파 까기

얼마를 더 벗겨야
시린 속살 드러날까

얼마나 더 감추어야
다독이는 아픔일까

촉촉이 젖은 눈시울
잠 못 드는 이 한밤에.

과수원시대

한 생애 농군으로 묵묵히 일궈온 삶
이제 와 산수이면 손 놓고 칩거할 터,
그 무슨 영화를 바라 과수밭을 갱신하는.

그래요 이 세상에 종말이 올지라도
한 그루 사과나무 특묘 구해 다시 심는
그 명언 가슴에 새기며 굳게 잡은 삽자루.

맨 처음 농사지은 홍옥 국광 토종 향기
입안에 가득 번진 그 과즙을 상기하며
이제는 세장방추형의 고밀식高密植의 신품종을.

낮엔 일터 밤엔 글 읽기 거듭돼 온 한 세기여
그래도 건사한 건 책꽂이에 시집 몇 권
햇살과 절기를 불러 내 공화국을 다스린다.

3부

지리산이 쓰다

힘겹게 오른 정상 천하를 다 얻은 듯
반기는 향로봉 비, 옆자리를 내어준다
둘러본 첩첩준령이 허리 굽혀 조아린다.

굽이굽이 백두대간, 마침내 방점으로
억겁의 두루마리 펼쳐진 능선 위로
붓 따라 휘도는 서체는 진서인가 해서인가.

골바람 잦은 산람山嵐 일필휘지 초서로써
원시림 너울 재워 시음詩吟 몇 자 적어놓고
덧칠한 저녁놀 위에 낙관 찍는 저 낮달.

호박琥珀 거미*

태초 먼 조상은 아득한 백악기에
긴 꼬리 전갈처럼 앞다리를 모으고
열대림 먹이를 찾다 수지樹脂 속에 몸 갇힌.

즈믄 해 열두 바퀴 그 깊은 잠을 털어내고
알에서 깨친 부화 촉수를 앞세우며
꽁무닌 방적紡績의 돌기, 엄니에는 독침을.

하늘땅 시공 너머 지망蜘網을 펼치고서
알파벳 필기체로 영역임을 사인하며
또 천년 주술을 걸어 변이를 꿈꾸는가.

* 최근 동남아시아 열대우림 지역에서 백악기 때 서식했던 거미의
원조 몇 마리가 호박 속에 갇힌 상태로 발견되었다.

여름 궁원지 2

비 오면 젖는 거야, 촉촉이 젖는 거야
비옷도 우산도 없이 전신을 내맡기며
묻어둔 설화를 찾듯 이끌리어 온 발길이여.

소금쟁이 개구리밥 일렁이는 수면 위로
그늘을 펼친 적막, 햇살도 송구하여
저리도 꽃대를 올려 볼 비비고 있는가.

흑백사진

사진틀 앞에 서면 온몸이 굳어져서
정면을 보는데도 한쪽으로 치우쳐져
턱 들어 양미간 넓혀 김치 하며 유도하던.

이제는 전설처럼 사라진 초집 앞에
햇살이 눈부시어 반쯤 뜬 실눈으로
퇴색한 흑백사진 한 장 까까머리 먼 유년.

폐분기廢墳記 1

깊은 산 등정길에
잡목 속 폐분 한 기

한 생애
다 녹였을
어느 삶을 그려보며

풀벌레
엉키는 울음을
바람결로 풀어본다.

폐분기 2

얼마쯤 하산하다
다시 또 돌아보는

토사에 반쯤 묻힌
이끼 긴 비문 몇 자

석양이
어루만지다
산그늘이 지운다.

가을 대부도

시절도 깊은 만추, 된서리도 물리친 날
어디 그 산천만이 호사하는 단풍인가
대부도 너른 갯벌에 곱게 물든 염생식물.

칠면초, 나문재며 자생한 군락지에
봄여름 누빈 햇살 양탄자로 펼쳐놓고
열두 발 상모를 돌리는 아 하늬바람 춤사위.

그 열기 발산하여 저녁놀로 번지는가
천지간 함께 타는 붓 터치의 풍광이여
화염 속 후조候鳥 몇 마리 적막 떨치며 날아간다.

여우비

구름이 붓을 먹여 글을 써 질문했다
어디가 입구이고 출구가 어딥니까
하늘이 미소 지으며 가슴팍을 내줍니다.

그 하늘 입김 불어 성에인 양 글을 썼다
오늘은 어디로 가 머무는 곳 어디인가
구름이 손바닥을 펴 하늘 눈을 가립니다.

그렇게 정이 들어 보듬고 어르다가
어느 날 불같은 정 어쩌지 못하고서
비바람 우렛소리로 열애임을 숨깁니다.

남자 천사
−어느 날 TV 화면에서

콩레이 태풍이 부산을 막 지날 무렵
모 방송 화면에 문득 스친 영상 하나
운전 중 청년 한 사람이 차를 멈춰 내린 까닭.
다람쥐 한 마리가 차바퀴에 부딪힌 듯
길옆에 저만치쯤 하얀 배를 드러내 놓고
아직도 체온이 있는 그 생명을 주워 들어.
도로 밖 공터에서 소매를 걷어붙이고
열심히 배 누르며 보듬는 심폐소생술
한참 후 소생한 목숨, 제 보금자리 찾아가는.
이 세상 모든 물체 돌멩이 하나까지
어디 하나 귀한 생명, 스민 영혼이 없으랴
환하게 웃는 미소가 햇살보다 따스해라.

세바람꽃

바람에 흔들리다 아예 그를 품에 안고
빙하기 때 연을 맺은 순정을 지키면서
햇살에 꽃잎을 열다
그늘이면 오므려.

서늘한 깊은 산속 반음지에 자리를 펴
하나 둘 셋을 세다 셈법을 잊어버린
그 꽃대 화관을 얹고
영생으로 가는가.

4부

이암산 1

날 새면
마주하는
눈앞의 이암산은

항용 그 자리에
그 풍모
그 미소로

지그시
목례를 하며
눈인사를 건넨다.

이암산 2

하세월
이바위산
화폭을 펼쳐 들고

봄 여름
가을 겨울
밑그림에 붓 먹이고

가부좌
틀고 앉아서
묵상 속에 잠겼는가.

이암산 3

묵묵히 앞만 보고 걸어온 세월 이쯤
어느 땐 지름길로, 때로는 우회로로
산 올라 뒤돌아보니
아득히도 예 왔구나.

이암산 4

땀 식혀 잠시 쉬는
회귀의 등성이에

모든 것 벗어놓아
빈 몸인 줄 알았는데

아직도 천만근으로
짓누르는 등짐 하나.

이암산 5

얼마쯤 더 가야만
짐 부려 쉴 곳인가

조금은 좁힌 보폭
육신을 추스르며

이암은 높이를 낮추어
동행하여 주는가.

이암산 6

비바람 모진 세파, 묵묵히 전위前衛에서
바위 결 두른 갑옷, 솔숲으로 위장하고
억새꽃 준령을 달리는 말갈기를 그립니다.

이암산 7

꽃 피고 지는 섭리

스크린처럼 걸어놓고

또 한 철 또 한 해를

펼치고 거둔 자리

새살로

차오르는가

먼동 저편 아침 해.

이암산 8

언제나 마주하면 서로 먼저 인사하고
스쳐서 지나치면 살며시 소매 잡는
한생의 길라잡이로
당겨주며 이끌며.

그 가슴 깊은 골에 절도 한 채 숨겨놓고
산 정상 넘나드는 계절풍을 다스리며
저녁놀 덧칠 위에다
항용 꿈을 지피는.

겨울 이암산

천마령 민주지산 그 능선을 뛰쳐나와
바위로 굳힌 속살, 장승처럼 우뚝 서서
한겨울 상고대를 불러 설궁雪宮을 짓습니다.

시나브로 내리던 눈 더욱더 거세지며
켜켜이 쌓인 폭설 등고선이 무너지고
하늘땅 한 자웅이 되어 솜이불을 덮습니다.

선잠 깬 새벽녘엔 쩡하는 용틀임을…
눈보라 칼바람에 현弦을 타는 졸가리 숲
순록의 큰 뿔로 솟아 흰 입김을 뿜습니다.

영국사 은행나무

천태산 품에 안겨
적요寂寥한 채 옹알이하는

연鳶인 양
솔개 한 마리
중천에 띄워놓고

당겼다 풀어주는가
구름 속의
적멸궁.

그 산사
자락 아래
천 년 지킴 은행나무

이 나라 변고 오면

온몸으로 울어주던

올해도
용포를 두르고
가을맞이 납시는가.

여름 물한리

언제나 찾아가면 넉넉히 맞아주는
골 깊은 원시림 속 하늘 나는 날다람쥐
물보라 용소폭포에 한여름도 손이 시린.

그 가는 굽이마다 새 세상 열릴 듯이
백 년 솔 떠다 심은 별궁 같은 민박촌들
뒷마당 평상을 펼쳐 물레 잣는 솔 그늘은.

밤이면 흩뿌린 듯 은하수 그도 꽃밭!
둥두렷 보름달을 중천에 띄워놓고
산 적막 밤새 울음이 꿈결 속의 길을 연다.

5부

다솜풀이 15

이 세상 치수가
얼마나 크냐 하면

우주의 도량이
을마나 넓냐 하면

무어라
잴 수 없는 깊이의
사랑만큼 이르리까.

다솜풀이 16

세월도
부화하면
샛노란 병아리로

석류처럼 터져 붉은
가슴속
상형문자

저 글귀
풀 길 없는 뜻
다함없는 마음이여.

다솜풀이 17

애당초 행간行間이란
이름하여 그득 찬 곳
햇살
한 자락과
배면의 그늘 한 점
그 속에
점 하나로 선
우린 서로 누구인가.

다솜풀이 18

머문 듯 다가서다

살며시 사라지고

어느새 그 자리에

영상처럼 나타나서

우러러 빛이었다가

안개였다 이슬로.

다솜풀이 19

제풀에 겨워도
거듭거듭 태어나는

보이지 않는 춤사위
차라리 몸부림을

제 몸을
다 태우고 마는
촛농 같은
눈물방울.

다솜풀이 20

원시적 사랑법을
익히고 싶었어라

부르르 몸을 터는
맹수 같은 몸부림을

내 안에
또 다른 내가 되어
자맥질하는
그림자여.

다솜풀이 21

두둥실
띄운 인연
그 연鳶줄을 손에 쥐고

이 한밤 이바위산
감국 핀 오솔길로

저 달빛
휘장을 젖혀
꿈길 열며 오시는가.

다솜풀이 22

아 어찌, 어찌할거나
가슴에 박힌 비수 하나
선지피 흘러내려
선불 맞은
내 육신은
한밤중
꿈에서 깨어
문풍지로 흐느끼나.

다솜풀이 23

지척에 있으면서
아득히도
먼 까닭은…

내 안의
또 하나 분신
영혼처럼 다가와서

등잔불
심지를 올리다
별빛인 양
스러지는.

다솜풀이 24

삽살개 우짖거든
문 열고 내다보랴

새벽닭
홰치거든
고샅길에 나서보랴

하얗게 밝힌 아침에
다 타버린
촛대
하나.

다솜풀이 25

여한이야 저쯤 두고
스스로 다스릴 수 없는

천만근 짓누르는
가슴팍
맷돌 하나

향일성
치솟는 마음
어찌하랴
어쩌랴.

다솜풀이 26

석 달 열흘 가물어도
결코 마르지 않을

금강의
뜬봉샘을
누가 와 적셔보랴

시원의
그 물줄기를
누가 있어 찾아보랴.

삶과 사물의 유일한 빛을
관찰하고 표현한 정형 양식
– 장지성의 시조 세계

유성호 문학평론가·한양대학교 국문과 교수

1. 중진 시인이 보여주는 서정적 절조節操와 기품

올해 팔순을 맞은 장지성 시인은 충북 영동에서 자연과 함께 농장을 운영하면서 자유시와 정형시 양쪽 날개로 반세기 동안 유장한 비상을 해온 대표 중진이다. 그의 시력詩歷은 자유시로 치면 등단 갑년甲年을 넘었고 정형시 쪽으로 세어도 벌써 55년을 넘어서고 있다. 그동안 시인은 『풍설기風雪期』(1982) 『겨울 평전評傳』(1991) 『꽃 진 자리』(2010) 『외딴 과수원』(2017) 등의 시조집을 펴냈는데, 이번에 제5정형시집 『이암산離岩山』을 상재하게 되었다.

시조집 제목 '이암산'은 시인의 거처 가까이 있는 301.6m 높이의 명산으로서, "먼 옛날 힘센 장수들이 공기놀이를 하였다는 다섯 개의 큰 바위가 있으며 그곳 암벽엔 연대를 알 수 없는 마애불상이 조각되어 있고 그 자락에 아담한 절 이암사가 있는 절경"(「시인의 말」)을 자랑한다. 말하자면 시인은 자신의 친숙하고도 오랜 이웃 '이암산'을 표제로 하여 다섯 번째 정형시집을 엮은 셈이다.

그동안 장지성 시조는 정형 율격에 안정된 시상詩想을 담음으로써, 삶의 심층 속에 존재할 법한 비의秘義와 그것의 발견 과정을 지속적으로 형상화해 왔다. 그는 우리 시조가 무반성적으로 지속해 온 정서적 토로와 회고적 취향을 벗어나 융융한 서정적 절조와 기품을 단호하게 보여주었다. 말하자면 그는 시조의 정형성을 누구보다도 견고하게 지켜가면서 그 안에서 다양한 상상력을 통해 장지성 브랜드의 미학을 개척해 온 것이다. 그것은 형식의 절제에서 오는 효과이자 그 특유의 응축적 내공에서 오는 필연적 결실이기도 할 것이다. 그 점에서 장지성 시조는 최근 시조시단에서 율격적 형태를 무분별하게 변형 확장하려는 시도에 대한 자성自省의 실례로 보아도 좋을 듯하다. 물론 이는 삶의 심층을 투시하는 고전적 사유

와 그것을 떠받치는 구체적 감각을 통해 가능했을 것이다. 우리는 그 낱낱 시편들이 가지런히 모인 이번 시조집이 그러한 정형 양식의 핵심 속성을 최전선에서 구현하고 있음을 목도하게 된다. 이제 그 세계 안으로 들어가 보도록 하자.

2. 찰나 속에서 발견해 가는 자연 사물의 빛

이번 시조집에서 장지성 시인은 가장 짧은 순간에서 오랜 시간의 흐름을 지켜보는 과정을 여러 차례 보여준다. 한순간 솟아오르는 어떤 기운을 통해 오랜 자연의 리듬을 찾아내고, 그 짧은 순간에서 만만찮은 시간의 축적과 그로 인한 파생적 존재 전이의 양상을 풍요롭게 간취하는 것이다. 매혹적인 상상과 감각이 그 특유의 사유를 구상화하는 이러한 순간은 그의 아름다운 단시조를 통해 채워진다. 이 아름다운 단시조에는 찰나 속에서 건져 올린 고요의 아우라Aura가 깊이 담겨 있다. 이때 시인은 주위 환경은 물론, 이웃하고 있는 사물들과 교감하면서 자기 존재를 각인하고 실현해 간다. 그 순간 사물들 역시 자기를 갱신하면서 세계 구성에 참여하게 된다. 그렇게 시인은 '찰나'라는 지극히 짧고도 가장 긴 시간 속에서 이러한 삶과 사물의 유일한 빛을 관찰하고 표현한다. 다음 작품들을 한번 읽어보자.

오늘도 어제처럼
아침을 맞습니다

품 안에 지닌 밀지密旨
여직도 못 전하고

포위망
일월에 갇혀
또 석양을 봅니다.
　　－「뉘엿뉘엿」 전문

간밤의 된서리에

우리 집

먹감나무

그 곱던 단풍잎들

일순간 떨쳐놓고

우듬지

역광을 받아

돋아나는

감 몇 알.
　－「까치밥」전문

　이 작품들은 모두 어떤 소멸의 순간을 잡아내고 있다.
앞의 시편은 하루를 마감하는 석양의 잔광^{殘光}을 '뉘엿뉘
엿'이라는 어휘에 담았는데 매일 맞이하는 아침이 어느
새 "품 안에 지닌 밀지"도 못 전하고 석양으로 이어져 가
는 리듬을 그려냈다. 짧은 형식 안에 시인이 그린 '밀지'
의 내용이 궁금해지면서 우리는 "포위망/ 일월"이라는

자연의 힘에 대한 외경畏敬을 다시 한번 확인하게 된다. 뒤의 시편은 감나무 잎들이 간밤 된서리에 떨어지고 나서 강렬한 색채를 드러내며 등장한 "감 몇 알"을 그렸다. 일명 '까치밥'이 되어 감알들은 "우듬지// 역광을 받아// 돋아나는" 한순간의 사건으로 등극하게 된 것이다. 이러한 리듬은 "모든 걸 벗어놓고 떠날 채비 하고 있는"(「가을 별리」) 자연의 모습과 함께 "또 천년 주술을 걸어 변이를 꿈꾸는"(「호박琥珀 거미」) 자연의 잠재적 생성 가능성 또한 암시해 주고 있다 할 것이다.

이처럼 장지성의 단시조는 사물의 구체성에 관찰의 깊이를 결합하는 과정을 일관되게 밟아간다. 하지만 시인은 사물과 동화되어 한 몸이 되어버리거나 거기에 몰입하는 대신, 그것과 한결같이 거리를 유지하면서 사물의 본래적 속성만 두드러지도록 배려하는 것을 잊지 않는다. 이때 재현되는 구체적 자연 사물은 '시적인 것'으로 변형되면서 시인으로 하여금 자신이 살아가야 할 삶의 지표를 유추하고 성찰하게끔 해준다. 이는 모두 시인이 근원적 시선으로 바라보는 투시透視의 방법에 의해 이루어진다. 그렇게 시인은 우리 삶에 충만해 있는 불모성을 투시하면서, 그것을 정서적 표현으로 발화하지 않고 구체적 사물을 묘사하는 쪽으로 노래해 간다. 사실 모든 사물은 홀로 떨어져 존재 원리를 구현하지 않는다. 그래서 궁극적으로 사물은 단순한 풍경에 머무르지 않고 삶의 깊이를 투시하는 시인의 열정을 유추적으로 암시하게 마련이다. 찰나 속에서 발견해 가는 삶과 사물의 유일한 빛이 장지성의 단시조를 통해 찬연하게 드러나고 있다.

3. 시인 자신의 가장 원형적인 像을 담은 풍경들

   이렇듯 장지성 시조가 생성되는 배경은 시인이 나서 자라고 살아온 자연 풍경에 대한 세밀하고도 선명한 재현 과정에 있다. 우리는 한 편의 서정시가 시인 자신의 절실한 경험은 물론, 대상의 섬세하고 심미적인 형상을 담아낸다는 사실을 알고 있다. 그리고 시인의 각별한 경험을 통해 자신의 삶을 반추해 보기도 하고, 새로운 세계에 대한 간접 경험을 풍요롭게 하기도 한다는 점 또한 잘 알고 있다. 장지성 시인은 이번 시조집을 통해 근원적 기억 속 풍경을 선명하고도 아득하게 재현해 내는 과정을 선사한다. 이는 자신의 존재론적 기원origin으로 끊임없이 회귀하려는 열망을 드러낸다는 점에서 한결 주목되는데,

그래서 한없는 그리움의 대상인 풍경들은 시인 자신의 가장 원형적인 상을 담고 있다 할 것이다.

깊은 밤 갈대숲은 무슨 밀담 나누는지
실바람 하나에도 온몸을 흔들면서
발돋움 시원을 찾아 피돌기로 따사한.

사시절 소망이듯 달덩이를 띄우는 곳
굽이굽이 세월 저쪽 물안개로 휘장을 쳐
저 고요 둑으로 터져 휩쓸려 갈 이 심사.

여명은 어디서 와 꿈길을 허무는가
갯버들 눈을 틔워 살 비빈 귀엣말로
봄밤은 매무새를 고쳐 화관을 써본다.
　　　　　　　　　　　　　－「금강 상류」전문

시인의 시선과 필치는 '금강 상류'를 향한다. 시인이 거처하는 영동을 지나 서해로 흘러가는 금강 상류는 험준한 산지가 발달해 있고 경관도 뛰어난 곳이다. 시인은 한밤 갈대숲이 나누는 '밀담'에서 "온몸을 흔들면서/ 발돋움 시원을 찾아" 나선 따사로운 피돌기의 기운을 느낀다. 오랜 세월 동안 달을 띄우고 물안개로 휘장을 치면서 지켜온 풍경이 이때 강렬한 실감을 동반한 채 전해진다. 다시 새벽이 와서 꿈길을 허물면, 시인은 갯버들이 귀엣말을 전해주는 봄밤에 고요하고 아름다운 어떤 시원始原을 경험한다. 그 하염없는 '밀담/귀엣말'의 속살에는 "한 점 티도 없는 숫눈길"(「뽀드득」)도 들어 있고 "밤이면 흩뿌린 듯 은하수 그도 꽃밭!"(「여름 물한리」) 같은 표현처럼 아름다운 천체 미학도 충일하게 깃들여 있을 것이다.

천태산 품에 안겨
적요寂寥한 채 옹알이하는

연鳶인 양
솔개 한 마리
중천에 띄워놓고

당겼다 풀어주는가
구름 속의
적멸궁.

그 산사

자락 아래

천 년 지킴 은행나무

이 나라 변고 오면

온몸으로 울어주던

올해도

용포를 두르고

가을맞이 납시는가.

－「영국사 은행나무」전문

　영동을 대표하는 랜드마크가 '영국사 은행나무'다. 천
년 수령에 30m가 넘는 거대한 수목이다. 천태산 품에 안
겨 "적요 한 채 옹알이하는" 사찰 영국사는 "연인 양/ 솔
개 한 마리"를 하늘에 띄운 채 "구름 속의/ 적멸궁"을 이
루고 있다. 그리고 그 아래 "천 년 지킴 은행나무"는 나라
에 변고가 오면 온몸으로 울어주기도 하면서 올해도 용
포를 두른 채 가을맞이를 나선 것이다. 이때 '용포'란 당

연히 무수한 은행잎을 비유하지만, 그 위용이 마치 임금의 형상을 환기함 또한 암시하고 있다. 그 안에서 시인은 "한 발짝 더 다가갈 수 있을/ 그 정토"(「토우土偶 2」)를 바라보기고 하고 "한 생애/ 다 녹였을/ 어느 삶을 그려"(「폐분기廢墳記1」)보기도 한다.

이처럼 장지성 시인은 고도로 집중된 암시적 전언을 통해 다양하게 펴져 있는 영동 지역의 표지標識들을 형상화한다. 그러한 과정을 통해 삶의 순간적 국면을 충실하게 재현하고 있기도 하다. 그리고 그 사이사이에 자기 기원을 탐색하고 상상하고 탈환하는 귀환의 서사를 보여주면서 만만찮은 무게를 지고 살아가는 자신의 삶도 돌아본다. 이 엄연하고도 가파른 삶의 한가운데서 시인은 자기 기원의 탐색을 통해 자신만의 고유성을 획득해 가는 것이다. 오늘도 시인은 자신이 살아가는 지역의 풍경과 지표들을 통해 이처럼 자신의 정체성과 확장 가능성을 노래해 간다. 자신이 발화하는 말들이 '시조'라는 육체로 세상을 출렁이게 할 것임을 믿는 언어의 사제司祭가 되어 가는 것이다.

4. 간결하고 산뜻한 언어와 사유의 한 범례範例

그런가 하면 장지성 시인은 자연 사물의 외양과 삶의 이치를 상호 유추해 가면서, 삶의 어둑하고도 깊은 심연을 차분하게 응시해 간다. 그것은 아름다움에 도취된 나머지 분명한 고통을 외면하는 것과는 전혀 다른 진정한 심미성의 힘일 것이다. 이때 우리는 남루한 일상에서 빠져나오면서 현실로 귀환하는 경이로운 과정에 참여하게 된다. 그것은 단순한 현실 집착이나 초월을 동시에 지양하면서 더 깊은 곳을 경험하고 다시 돌아 나오는 재귀의 과정이기도 하다. 그러한 역설적 자기 긍정 과정을 통해 시인은 심원한 삶을 감싸는 은은한 서정을 우리에게 남김없이 보여주는 것이다. 그것이 시인이 누리는 '삶-시'의 유일한 방법론이다. 그 방법론이 그의 시편들로 하여금 우리 시조시단에 단연 웅숭깊게 솟아오르도록 하고 있다. 그리고 그의 시편을 읽는 우리 또한 그 세계에 깊고 은은하게 동참해 갈 것이다.

이 세상 치수가
얼마나 크냐 하면

우주의 도량이

을마나 넓냐 하면

무어라

잴 수 없는 깊이의

사랑만큼 이르리까.

　－「다솜풀이 15」전문

세월도

부화하면

샛노란 병아리로

석류처럼 터져 붉은

가슴속

상형문자

저 글귀

풀 길 없는 뜻

다함없는 마음이여.

－「다솜풀이 16」 전문

애당초 행간行間이란
이름하여 그득 찬 곳
햇살
한 자락과
배면의 그늘 한 점
그 속에
점 하나로 선
우린 서로 누구인가.
－「다솜풀이 17」 전문

사전적 의미로 '다솜'이란 '애틋하게 사랑함'이라는 뜻
을 견지하고 있다. 옛말인 '닷오다'의 명사형 '닷옴'을 현
대국어식으로 표기한 것이다. 말하자면 '다솜풀이'는 장
지성 버전의 '사랑론論'인 셈이다. 시인은 이 세상 치수나
우주의 도량이 아무리 크고 넓다 하더라도 "잴 수 없는 깊
이의/ 사랑"에는 이르지 못할 것이라고 노래한다. 마찬
가지로 석류처럼 터져 나온 붉은 가슴속 상형문자의 "다
함없는 마음"도 풀 길 없는 신비로움을 품고 있음을 역설

한다. 그만큼 우리는 햇살 한 자락 그늘 한 점의 행간 속에 점 하나로 서 있을 뿐이다. 모두 사랑하는 마음의 간절함과 넉넉함을 알려주는 타자 지향의 언어들이 아닌가 한다. 그렇듯 시인은 "저 달빛/ 휘장을 젖혀/ 꿈길 열며 오시는"(「다솜풀이 21」) 사람이나 "내 안의/ 또 하나 분신/ 영혼처럼 다가와서"(「다솜풀이 23」) 만나는 순간을 보여주기도 하고, "하얗게 밝힌 아침에/ 다 타버린/ 촛대/ 하나"(「다솜풀이 24」)를 통해 누군가를 향해 "치솟는 마음"(「다솜풀이 25」)을 들려주기도 한다.

이렇게 우리는 시인이 들려주는 사랑의 마음을 흔연하게 만난다. 함축과 절제를 핵심 본령으로 삼는 시조를 통해 서정의 원형 같은 지혜를 시인이 담아낼 수 있었던 것은, 자신의 삶을 이루어왔던 숱한 시간을 충실하게 기억하고 그 안에 순간적이고 통일적인 인상을 구성할 수 있었던 고유의 역량 덕분일 것이다. 장지성 시인은 이러한 원형을 확연하게 보여주면서 생의 순간적 충만함에 이르고자 하는 열망을 통해 삶과 사물을 바라보는 시선을 가멸차게 보여준다. 그래서 '다솜풀이' 연작은 장광설로 가득한 우리 시대의 역상逆像으로 존재하면서, 간결하고 산뜻한 언어와 사유의 한 범례로 남을 것이다.

5. 근원적 자연 서정을 통해 가닿는 보편적 삶의 이법理法

근원적으로 서정시의 자연 형상은 원형성, 보편성, 직접성 등을 그 속성으로 거느리면서 모든 시인들의 내면에 광범위하게 녹아 있는 어떤 것이다. 물론 그 형상화 양상을 살피면 여러 작법이 산견散見되겠지만, 자연에서 '시적인 것'을 발견하고 우리가 근원적으로 회복해야 할 가치를 노래하지 않은 것을 찾아보기는 힘들다. 그만큼 자연 형상은 서정시에서 매우 깊고도 넓은 전통을 이루어왔다. 장지성 시인 역시 자연 형상 속에서 삶의 근원적 결핍들을 성찰하고 치유하려는 의지를 활력 있게 보여준다. 근원적 자연 서정이 시인의 제일 음역音域이 되는 까닭이 여기에 있을 것이다. 그런 점에서 그는 오랜 시간에 대한 성찰을 통해 보편적 삶의 의미를 탐구하는 전형적인 서정시인이다. 그만큼 그의 시적 방법론은 실험 정신이나 전위적 자세와는 거리가 멀고, 충분히 낯익은 목소리를 통해 우리가 망각했던 삶의 본령 혹은 궁극적 의미 같은 것을 일깨워 주는 기능을 한다. 자연이라는 낯익은 세계에서 자신을 일으켜 세우고 또 그 토양에 자신의 존재론을 지속적으로 드리우는 그의 일관된 고투가 반가운

것도 바로 그 때문일 것이다.

　　또 한 해 갈림길에
　　어김없이 찾아와서

　　호수면 갈대숲에
　　섬처럼 떠 흐르다

　　산그늘
　　어스름 불러
　　물결 딛고 비상하는.
　　　－「가창오리 떼 춤 1」전문

　　어느 결 서산 위에
　　초승달도 걸어놓고

　　하나둘 별자리들
　　점자인 양 더듬으며

　　또 한 컷

조리개를 여는

아, 모래태풍 저 사구.

     −「가창오리 떼 춤 3」전문

　가창오리들이 수행하는 군무群舞의 장관은 또 한 해 갈림길에 어김없이 찾아오는 소식과도 같다. 호수면 갈대숲에 섬처럼 떠서 흐르다가 산그늘 어스름 불러놓고 비상하는 그들은 자연 자체이기도 하지만 인생론적 해석을 덧입는 삶의 본령 같은 것을 일깨워 주기도 한다. 이렇게 섬세한 관찰과 표현으로 가창오리 떼의 춤은 사실성과 투명성을 얻는다. 서산 위로 내걸린 초승달 아래서 별자리들을 점자인 양 더듬으면서 "모래태풍 저 사구" 역시 가창오리 떼의 춤을 비유하는 적정한 형상으로 다가오고 있다. "저녁놀/ 화폭 위에다/ 홀로그램 펼치는"(「가창오리 떼 춤 2」) 그들의 "온 우주 아우르는/ 신이 빚은 붓 터치"(「가창오리 떼 춤 4」)야말로 가장 아름다운 자연이자 예술이 되는 것이다. 시인은 그 형상에서 우리가 눈부신 가속도 때문에 잊고 살았던 삶의 본령 혹은 궁극적 의미를 간접적으로 환기하고 있다.

힘겹게 오른 정상 천하를 다 얻은 듯
반기는 향로봉 비, 옆자리를 내어준다
둘러본 첩첩준령이 허리 굽혀 조아린다.

굽이굽이 백두대간, 마침내 방점으로
억겁의 두루마리 펼쳐진 능선 위로
붓 따라 휘도는 서체는 진서인가 해서인가.

골바람 잦은 산람山嵐 일필휘지 초서로써
원시림 너울 재워 시음詩吟 몇 자 적어놓고
덧칠한 저녁놀 위에 낙관 찍는 저 낮달.
　　　－「지리산이 쓰다」 전문

　이번에는 '지리산'이다. 주어는 '지리산'이고 동사는
'쓰다'이다. 이는 대자연의 속성과 '시인'으로서의 존재
론이 결속되는 한 장면을 불러온다. 지리산 정상에 오르
자 천하를 다 얻은 듯한 마음은 첩첩준령이 허리 굽혀 조
아린다는 느낌을 받는다. 억겁의 두루마리로 펼쳐진 백
두대간 능선 위로 "붓 따라 휘도는 서체"는 자연의 압도적
풍경이자 시인이 써가는 '시'의 비유체이기도 할 것이다.

"골바람 잦은 산람 일필휘지 초서"로 적어가는 "시음 몇 자"는 '시인 장지성'의 존재론적 위의威儀와 확연한 등가를 이루지 않는가. 그 면모는 "먼 옛적 학창 시절 문학도의 푸르던 꿈"(「들국화 설화」)이 오랜 세월을 지나면서 때로 "토사에 반쯤 묻힌/ 이끼 낀 비문 몇 자"(「폐분기 2」)를 기록하고 때로 "이제는 묻혀가는, 지염指染이나 음절 몇 구"(「봉선화」)를 써가는 과정으로 이월해 왔음을 증언해 주고 있는 것이다.

원래 서정적 발화는 개별적, 독백적 성격을 띤다. 시인들은 일차적으로는 서정적 발화를 통해 자신이 살아온 시간을 되새기고 나아가 그 시간에 절대치에 가까운 의미를 부여하곤 한다. 그 시간이 남긴 문양들이야말로 시인의 삶이 예술적 형상을 얻은 실례일 것이고 그것은 서정시의 중요한 내질內質로 기능하게 된다. 그 점에서 서정시는 시인 자신의 기억에 바탕을 둔 고유한 시간예술이 아닐 수 없다. 우리가 서정시를 쓰고 읽는 것도, 우주적 원리나 역사적 흐름에 순간적으로 참여하는 일일 뿐만 아니라, 자신의 경험과 기억에 새로운 탄력과 윤기를 부여하는 신생의 작업이 되기 때문이다. 이것이 서정시의 보편적 존재 의의라면, 우리는 장지성 시조를 통해 자연과 인간, 과거와 현재가 유추적으로 결합하는 순간의 한 정수精髓를 선사받고 있는 것이다. 근원적 자연 서정을 통해 가닿는 보편적 삶의 이법이 바로 그것일 터이다.

6. 타자 지향의 원심력과 자기 귀환의 구심력

마지막으로 우리는 '이암산'을 다룬 시편들을 만난다. 이번 시조집 제목이기도 한 '이암산'은 시인 자신의 남다른 경험을 재구성해 주는 핵심 소재일 뿐만 아니라 그의 기억을 근원적으로 재현해 주는 기원과도 같은 역할을 해준다. 이때 장지성 시조는 현대적 삶이 강제하는 온갖 균열에 대한 미학적 저항으로서 다가온다. 그는 우주적 본질과 인간적 삶을 유기체적으로 얽는 상상력을 통해 소멸해 가는 것들에 대한 사랑과 기억을 지향해 간다. 이때 우리는 삶의 구체 속에서 빚어진 상처와 어둠을 예민하게 들려주는 시인의 감각과 만나면서 서정시의 오랜 본령인 경험적 실감의 사례를 접하게 된다. 그만큼 장지성 시인은 구체적 이미지를 통해 현실에서 벗어나 자신이 고유하게 경험한 미학적 시간으로 귀환하려는 의지를 한결같이 보여줌으로써, 외따로 떨어진 이암산을 통해 삶에 대한 어떤 대안적 사유를 수행하는 것이다.

　　날 새면
　　마주하는
　　눈앞의 이암산은

　　항용 그 자리에
　　그 풍모
　　그 미소로

　　지그시
　　목례를 하며
　　눈인사를 건넨다.
　　－「이암산 1」전문

　　땀 식혀 잠시 쉬는
　　회귀의 등성이에

　　모든 것 벗어놓아
　　빈 몸인 줄 알았는데

아직도 천만근으로

짓누르는 등짐 하나.

　　―「이암산 4」전문

　'이암산'은 날만 새면 항상 마주하게 되는 가깝고도 친숙한 존재이다. 언제나 '그 자리'와 '그 풍모'와 '그 미소'를 지키고 있는 이 신성한 존재자는 누구에게나 목례와 눈인사를 건넨다. 물론 그 산은 시인으로 하여금 빈 몸으로 돌아온 줄 알았던 회귀의 등성이에서 "아직도 천만근으로/ 짓누르는 등짐 하나"를 알게끔 해준 존재이기도 하다. "가부좌/ 틀고 앉아서/ 묵상 속에"(「이암산 2」) 잠긴 그 넉넉하고 크나큰 품은 "어느 땐 지름길로, 때로는 우회로로"(「이암산 3」) 시인을 데려가기도 하였고 "높이를 낮추어/ 동행하여"(「이암산 5」) 주는가 하면 "비바람 모진 세파, 묵묵히 전위前衛에서"(「이암산 6」) 막아준 은혜로운 성소聖所이기도 하였다. "한생의 길라잡이로/ 당겨주며 이끌며"(「이암산 8」) 함께 지내온 다정한 벗 '이암산'은 그래서 이번 시조집의 또 다른 화자話者였던 셈이다.

천마령 민주지산 그 능선을 뛰쳐나와
바위로 굳힌 속살, 장승처럼 우뚝 서서
한겨울 상고대를 불러 설궁雪宮을 짓습니다.

시나브로 내리던 눈 더욱더 거세지며
켜켜이 쌓인 폭설 등고선이 무너지고
하늘땅 한 자웅이 되어 솜이불을 덮습니다.

선잠 깬 새벽녘엔 쩡하는 용틀임을…
눈보라 칼바람에 현弦을 타는 졸가리 숲
순록의 큰 뿔로 솟아 흰 입김을 뿜습니다.
　　　　　　　　　－「겨울 이암산」 전문

　'겨울 이암산'이라는 제목이 붙은 이 시편은 겨울철에
만날 수 있는 이암산의 다양한 모습을 관찰한 기록이다.
영동의 천마령 민주지산 능선을 뛰쳐나온 이암산은 속살
을 바위로 굳히고 장승처럼 우뚝 서서 한겨울 상고대의
설궁을 짓곤 한다. 아름다운 민주지산 설경이 눈앞에 펼
쳐지는 듯하다. 그러다가 폭설이라도 내리면 등고선이
무너지고 하늘과 땅은 모두 솜이불을 덮는다. 이때 "눈보

라 칼바람에 현을 타는 졸가리 숲"이야말로 겨울 이암산
의 아름다운 정점이 되고도 남을 것이다. 그렇게 시인은
"바람벽 그도 없이/ 노숙으로"(「고드름」) 떠도는 한겨울
에 "빙하기 때 연을 맺은 순정"(「세바람꽃」)처럼 '겨울 이
암산'을 바라보고 불러오고 표현하고 있는 것이다.

　이처럼 장지성 시인은 '이암산'이라는 대상을 집중적
으로 소묘하면서 우리 주변을 따뜻하게 돌아보는 순간을
숱하게 건네고 있다. 이때 그의 시조는 자기 기원에 대한
기억과 고백 그리고 동질적 자기 확인의 과정을 중심적
창작 동기로 삼게 된다. 따라서 그 저류底流에는 시인 자
신이 겪어온 경험 가운데 가장 간절한 기억의 지층이 녹
아 있게 마련이고, 시인은 타자를 품으면서도 동시에 다
시 자신에게로 귀환하는 과정을 시조로 포괄해 내는 것
이다. 그 점에서 그의 시조는 삶의 맥락을 통해 서정시가
가지는 타자 지향의 원심력과 자기 귀환의 구심력을 동
시에 보여준다 할 것이다. '이암산'은 그 원초적인 출발지
이자 궁극적인 귀속처인 셈이다.

　지금까지 우리가 천천히 읽어왔듯이, 장지성의 이번
시집 『이암산離岩山』은 경험의 시간을 미학의 시간으로

바꾸어가는 방식을 통해 삶에 내재한 다양한 인생론적 속성을 은유해 간다. 내면을 직접 토로하는 것이 아니라 다양한 사물과 상황을 시조 표면으로 불러와 그것들로 하여금 발화 주체가 되게끔 해준다. 그때 시인이 노래하는 것은 한결같이 삶의 효율성에 의해 사라져 가지만, 그 사라짐으로 하여 오히려 역설적으로 눈부신 순간이요 사물이요 장면들일 것이다. 이네들을 통해 우리는 인간과 자연 사물이 이루고 있는 기막힌 균형에 대하여 생각할 수 있는 계기를 얻는 동시에, 또 그것들이 필연적으로 이루고 있는 공존 양상에 대한 지혜도 배우게 된다. 그만큼 그의 시조는 삶과 사물의 유일한 빛을 관찰하고 표현한 우리 시대의 대표적 정형 양식으로서 우뚝하기만 하다.

이러한 빼어난 미학적 성취를 담은 제5정형시집의 출간을 마음 깊이 축하드리면서, "흑백사진 한 장 까까머리 면 유년"(「흑백사진」)의 열망이 "한 생애 농군으로 묵묵히 일궈온 삶"(「과수원시대」)으로 이어지는 굵은 서사를 아름답고 준열한 언어로 보여준 시인께 경의를 드린다. "미지의 제 삶 찾아 시방 막 비상할 듯"(「해오라비난초」)한 장지성 시조의 앞날에 더욱 커다란 진경進境이 있기를 거듭 희원해 마지않는다.